KB070952

우리에겐 아직 설명이 필요하지

김대호

시인의 말

나는 너다

많은 세월이 흐른 후

나는 문장을 수정했다

너는 나다

2020년 4월

김대호

우리에겐 아직 설명이 필요하지

차례

1부 불온하지만 살아 있는 형태로

2부 당신에서 당신까지

3부 희미한 층위들

4부 인공감정

해설

1부

불온하지만 살아 있는 형태로

사과의 출산

배꼽 주위가 붉게 물들었다

사과의 출산일이 가까워졌다

새콤달콤한 양수가 터지면 사과는 황홀한 입맛을 출산한다

새가 만삭의 사과를 쪼는 것은 사과의 입덧을 가져가는 일

새콤달콤 생명을 잉태한 계절에 찬바람이 분다

찬바람은 또한 나무에서 떨어지는 붉은 생명을 받아내는 산파인 셈

사과밭에 머물던 땀과 피로가 찬바람에 휘발했다

이제 남은 것은

아기의 붉은 울음소리뿐

수용성

햇빛이 실명되기 전
햇빛의 임시 안구인 저녁이 온다

어둠의 지도를 작성하기 위해 피곤이 움직인다
하품은 둥근 저수지를 굴삭한다
밝은 불빛을 내장한 상가 간판은 야간 비행을 안내하는 부표로 떠 있다
어둠을 헤엄쳐서 또 다른 어둠으로 사라지는 속도들
전체가 망가지지 않아도 전반적으로 낙후된 야간의 인공빛은 예민해진다
뒷산에서 야행성 짐승들이 하루를 시작한다

빛과 어둠의 중립지대인 저녁에서 어둠 쪽으로 지원되는 것은
모든 것을 녹일 수 있는 위산액 한 즙이 전부이다
사고가 났던 추풍령 방향 도로가 녹았다
재의 배경이 되었던 침엽수림까지 다 녹았다
로드킬 당한 짐승의 붉은 즙이 검은 도로의 갈라진 틈

으로 스며든다

그 지하세계에는

때가 올 때까지 천 년 이상을 기다리는 씨앗의 집성촌이
있다

저녁은 눈 감기 전 인공과 속도의 발전을 인가했다

그리고 쓰러졌다

그 위 반달에까지

노르스름한 위액이 튀었다

딱딱하고 완고한 뼈

뼈를 만진다
손목뼈를 만지고 광대뼈도 만진다
내 형식을 완성한 뼈의
굴곡이 내 근황이다

손가락 몇 개가 뼈의 굴곡을 부드럽게 어루만진다
어디에 있는지도 모르는 내 안의 습곡을 찾아다니는 일보다 뼈를 만지는 일이 쉽다
쉬우면서 금방 진단이 나온다
너무 딱딱한 걸 숨기고 있구나
문어같이 기어다니고 싶은 욕심이 있어서 이 뼈의 완고한 구조가 불만이구나

유치가 찬란한 한낮
새가 날아간 도로 쪽 허공에 손가락을 펴 대보았지만
손가락뼈는 탁본할 수 없었다
내 안에 있는 흰 뼈들의 상세한 근황은 병원에 입원했을 때 확인했다

동면에 들어간 앙상한 나무 한 그루
웃고 발랄하고 찡그리고 헛되었는데 그 일체가
동면 중에 꿈꾸는 사건들이었다

깨어나기에 적당한 기온이 찾아왔을 때 내 뼈의 배열은 어떤 현실이 될까
손목뼈를 광대뼈를
현실이라고 믿으며 다시 만진다

졸다가 쳐다본 창문

다행이라는 가게에서

4인용 테이블에 앉아 우연을 기다리네

여러 곳에 나누어 써야 할 내 건강 내 시간 내 기분을

아름다운 것 하나 만져보는 일에 전부 탕진한 후

지친 걸음으로 이 가게에 도착했네

다행이라는 간판 아래

누군가 먹고 버린 일회용 캔이 쓰러져 있네

바람이 불면 뒹굴면서 빈 소리를 내겠지

우연은 오지 않고 물컵의 물은 미지근해졌네

창가 작은 화분에 담긴 다육식물에서 유통기한이 지
난 온도가 툭 떨어지네

젊은 남녀가 지나가면서 일회용 캔을 멀리 차버리네

언제까지 기다려야 할까

다행의 주인은 주방 뒤에서 졸고 있다네

글짜들

글짜들의 무덤을 읽기 위해 책을 펼친다
흰 배경에 빼곡히 들어찬 검은 글짜들의 공동묘지가 한 필지마다 있다
이런 필지가 대략 삼백 장쯤 되는 책을 들추는 일은
죽은 것에 염을 하는 절차이다

쑥을 삶은 물이거나 소독된 정수는 아니지만 피로에 지친 두 눈이
한 글짜씩 염을 해준다
이렇게 두 눈이 염을 끝낸 글짜들은 서가에 꽂혀 영원히 수장된다
내 서가에는 이장만 했을 뿐 아직도 염을 해주지 못한 책들이 많다
하여, 난 수시로 글짜들의 원혼 소리에 시달린다

이 지독한 이명

이 지독한 갈증

자음과 모음을 엮어 하나의 무덤이 완성된다
글짜는 왜 태어나는 순간 완성된 무덤이 되는가
결국 나는 죽은 글짜들을 읽고 생기를 되찾는 모순에 빠진다
절명한 글짜 하나가 아직 몸을 비비고 있다

오타이다

구조만 있는

내가 풍화되면
흰 뼈로 이루어진 골격만 남을 것이다
안팎이 없고 앞뒤가 모호하고 구강의 감정은 사라지고 구조만 떠 있을 일이다
이 황망한 미래는
암이 걱정돼 찾아간 병원에서 엑스레이로 투시할 때
이미 확인했다
나는 몰라서 못 하는 것보다 알면서도 안 하는 경우를 더 많이 가졌다
투과된 사진에서 내 안에 아무것도 없다는 것을 확인했으면서도
자꾸 내 안에 무엇이 있다고 믿는다

알면서도 믿는다
기쁨과 슬픔이 3초 만에 성체가 되고 3초 만에 소멸한다는 사실을 알면서도
영원할 것이라 믿는다
오래된 노력에서 온다고 믿는다

순간
응급센터 쪽에서 주차장 쪽으로 바람이 기울었다
구조만으로 이 바람을
이 날짜들의 풍향을 기억할 수 있을까
아프다는 것은 이미지가 되어 간다는 것
청색과 회색의 이분법은 이미지의 고집이 끼어드는 일

골격만 남았을 때
웃음을 만들어내는 데 필요한 뼈가 몇 개였는지
나는 기억해낼 수 있을까

당신은 내 국경이다

내 인생에 필요한 무엇 하나를 얻는 데 너무 많은 세월을 투자했다
비효율적 투자였다
아플 때 바로 쓰러지는 일은 효율적이다
멀쩡하게 살면서 중요한 구조는 다 쓰러져 있는 것은 비효율적인 일

내 몸의 체적에 인접한 곳 국경이 있었다
당신이 내겐 국경이다
모국어를 버리고 국경 근처에서 서성거렸다
말을 더듬었다

국경을 앞에 두고 술을 마셨다
어떤 연애도 내 안에 번지는 산불을 진압하지 못했다
그랬는데
낯선 나라에서 온 그대가 국경이 되어
나와 누군가를 구별하기 힘든 둘레에다가
굵고 깊은 금을 그었다

나는 그 국경 근처
비효율적인 몸짓으로 서성거리고 있었다
당신이 내 현재가 될 때까지
어눌하지만 지속적인 신호를 보냈다

당신이 내 암호가 되고
내가 국경을 넘는 날
강의 수위가 낮아졌다
날씨는 입술이 트지 않을 만큼 포근했고
쓰러진 것들이 효율적으로 일어났다
너무 많은 세월의 투자는 투자가 아니라
원금이 차감되지 않는
보험이었다

마지막

내가 처음 말했던 마지막 말들은 다 어디로 갔을까
이게 마지막이야, 라고 말하고 새로운 세계를 꿈꾸었는데
나는 아직도 마지막이 아니다
구식 세계에서 꿈꾸고 중독되고 토한다
헐거운 희망으로
작은 충격에도 무너지는 희망으로
복제 가능한 희망으로
그런 희망을 가질 바에는
견고한 슬픔에 의지하는 생활을 해왔다
이게 마지막이야!
너무 많은 마지막이 시련 직전에 있었다
내 마지막은 다시 시작되고 있다
한 해가 갈 때마다 나는 마지막으로 시작하고 있다
꼬리를 문 뱀이 있다
시작과 마지막의 온도가 같은 출입문이 있다
나는 그 중앙에 있다

작고 보잘것없는

너에게 유쾌한 일이 있다면
그것을 나에게 다오
나는 작은 유쾌와
그것보다 더 작고 구체적인 일과가 필요하다
생활이라는 미세한 필터를 통과하려면
그것보다 더 작고 구체적인 입자가 되어야 한다
그러니 보잘것없고 잘 보이지도 않는 유쾌나 농담 따위를 나에게 다오
나는 선천적으로 유쾌와 먼 피를 타고났으니
언제나 유쾌하고 농담을 잘하는 너를 내 곁에 두고 싶다
너를 분말로 갈아 마시고 싶다
그래서 내가 먼지와 함께 필터를 통과한다면
내 남은 것을 모두 너에게 주마
사랑이 왜 이런 방식으로 시작되는지 묻지 마라
생활이 왜 이렇게 부진한지 묻지 마라
너와 나는 농담과 유쾌의 살을 섞는 순간 긴밀해질 테니

너의 투쟁과 내 독기를 모아도
생활의 발바닥만도 못할 것이니
거대한 뿌리여
영원히 지하에 잠들라
지상에 있는 이 집 저 집을 들어 올리지 말고
이 유쾌한 생활의 각도를 간섭하지도 말고
죽은 듯이 거기 잠들어 있으라

소리와 고요

귀에는 소리의 자궁이 있다
소란과 소음 소문 따위가 어둑한 귀의 동굴로 들어간다
하루가 사정한 소리의 정자들이 꼬물꼬물한 파장으로 떨면서
고막의 검문을 받는다
온갖 소리들이 와글거리는 고막의 검문소 통과하면
소리는 거의 없어지고 소리의 여운만 지날 수 있는 긴 회랑이 나온다
소리는 꼬리의 힘만으로 그곳을 헤엄쳐서
단 하나의 소리만 착상을 허락하는 자궁의 처소에 도착한다

자궁에 착상되는 소리의 강도는 거의 소멸 직전이다
하나의 소리가 간신히 잉태되면 그 미세한 파장마저 사라진다
씨만 남은 소리에서 다시 소리는 시작된다

아직 태아인 소리에게 영양을 공급하는 건 고요뿐

소리의 이목구비가 생기도록 돕는 것도 고요의 힘

소리의 바닥까지 몽땅 소비했는데도 다음 날 다시 발성이 되는 것은

자는 동안

소리가 잉태되고 지극한 고요의 양육으로 인해 소리가 육체성을 가질 수 있었기 때문이리라

세상의 소리가 탄생하는 배경에는 고요라는 이름의 산파가 모든 역할을 한다

소리의 이면에 항상

고요의 그늘이 어른거리는 이유이기도 하다

난민이 된 어둠

거리가 어두워진다
이곳의 원주민인 어둠이 하나둘 어슬렁거린다
이 도시가 화산의 흔적만 있었을 때
낮에는 빛이 시민이고 밤에는 어둠의 시민만이 살았을 것이다
그 까마득한 흑백의 어느 날
내 조상은 우연히 시작되었다

가로등의 반경만 남기고 점점 밀도가 높아지는 야행성들
화려한 상점 불빛에 얼얼해진 눈을 끔벅이다
골목에서 만나는 어둠의 난민들
국적 없이
24시간 불이 꺼지지 않는 거리의 변방에서 오들오들 떨고 있는 난민들
아무리 열심히 살아도 완결되지 않은 채 우리는
모두 저 난민의 일원이 될 것이다

어둠의 일자리가 점점 줄어드는 도시에서 당신과
나는
어두워서 좋았던 연애를 생각한다
어두워서
가끔 무엇이 빛나면 깜짝 놀라고 곧이어 깔깔깔 웃
었다
어두웠기에
당신의 장점은 천천히 발전했다
그때 어둠은 단순한 배경이 아니라 당신의 눈빛을
내게로 쉽게 옮길 수 있도록 조도를 조절해 주었다

날씨는 먹구름을 발표하고

한사람에 대한 치유가 살아 있는 증거가 될 때
그날, 난 아무것도 안 하고 걷기만 했다
아무것도 아닌 것만 보았다
병원에서 나와 편의점까지 가는 동안
거리에서
무수한 행인들의 눈빛이 이국의 문장이 되어
내 외투 호주머니 속으로 들어왔다
손바닥 실금이 젖었다
살아질 거예요 걱정 마세요
의사의 말이 평범하게 남아 있다
이 이국의 거리
의사의 말을 나는 이해하지 못했고 내가 의사에게
질문한 것도 모국어가 아니었으니
두려움의 파장만 있다
먹구름을 발표하는 날씨이다
편의점을 나오면서
병원 복도에 대기 중인 환자들의 눈빛을 닮은
상품들이 진열대에 다소곳이 진열돼 있는 것을 보

았다

그날 나는 이국에서 온 통증을
모국어가 아닌 중얼거림으로 몸에 담았다

생활 연출

고가도로와 동면에 들어간 숲
그리고 속도들
커피집 외벽을 타고 오르는 담쟁이 넝쿨
둔덕에 있는 벚나무까지 감고 올라가는 다래나무 넝쿨이 우리 집에 있다
봄에 다래순이 돋으면 그 어린 순을 안주 삼아 술 먹자는 약속이 있었다
증산 모티길의 자작나무숲을 가자는 약속도 있다
나는 자작나무를 너무 좋아해서
<닥터 지바고> 열차 차창 밖으로 휙휙 지나가는 허연 자작나무 나오는 장면만 여러 번 반복했다
혁명의 시대는 동면 중이고
허연 입김 때문에 앞이 안 보이는 안경을 벗고
노래방에서
지나간 유행가를 목청껏 부르다 쓰러지곤 한다
동면에 들어간 숲의 수종 중에서 봄이 와도 깨어나지 못하는 축도 있으리라
속도와

너무 정직해서 욕이 나오는 성격들
가끔 중력을 이탈해서 현기증 나는 시간들이
내 생활의 속담으로 있다
나는 아침저녁으로 그 속담이나 풀이하면서 먼 산을 판다
속도가 단막극으로 연출되고 있다

해변의 불특정 신분들

해변에는 불특정 개인이 넘쳐난다
이 인파는
각자 특정한 휴식을 위해 먼 곳에서 운전을 하고 온 불특정 개인들
누군가는 해변에 와서 유서를 쓰고 해변의 묘지를 만들었다
바다의 조류는 일정하게 해변에 도착했다가 곧바로 발을 뺀다
특정한 현장에서 일하던 개인성은
해변에 와서 모두 불특정 신분이 된다
몰려드는 차량 행렬은 성난 바다 쓰나미의 성질을 가졌다
자신을 극도로 축소한 해변 모래 위에 불특정 개인들이
별로 중요하지 않은 대화를 하며 걷고 있다

나 역시 먼 내륙에서 와 이곳에 도착했다
내가 이곳에서 얻어가는 것은 비릿한 해풍과

간단한 숙취 정도일 것이다

중요한 말은 밤바다 슬하에서도 하지 못했다

파도에게

해변에게

꼭 하고 싶은 말이 있었는데

불특정 개인에 섞여 안개 속 해변을 걷기만 했다

속을 비우지 못한 채

속을 채우지 못한 채

불특정 바다를 흡수하고 있다

내가 할 수 있는 일은 내가 할 수 없는 일

택배를 기다린다
자신을 반품하는 방식으로
자기를 써서 누군가를 구매하는 방식으로
택배 기사들은 파업 중이고 택배는 오지 않는다
일생을 무엇과 파업 중이지만
나는 나를 매일 어디로 보냈고 어딘가에서 반송된 나를 다시 받았다
이 지루한 핑퐁의 방식
종말은 벌써 지나갔는지도 몰라
죽어서도 천 년을 산다는 고사목이 있듯이 지금과 이후는
종말의 진자운동 중
그나마 불행의 마찰이 있으니 살아 있는 것으로 착각할 수 있겠지
택배를 기다리는 일은
일생을 파업하게 했던 그 무엇을 기다리는 일
기다리는 것만이 내가 할 수 있는 유일한 활기
택배를 기다린다

자신을 반품하는 방식으로
그 무엇이 나를 배반하는 방식으로

무거운 것은 왜 가벼운 것에 포함되는가

우리가 도착할 수 없는 곳에 있는 것들은 의외로 소박하다
친절은 소박하고 기도는 더 소박하다
소박하고 쉬워서 누구도 그곳에 도착할 수 없는 것
화려하고 빛나는 것을 꿈꾸는 동안
흙을 갖고 놀았던 시절은 시간 밖으로 나가 버렸다
기억은
한 끗 차이로 빗나간 기회와
운명을 담보로 투기했던 광란 근처에서만 발기한다
그때는 차이랄 것도 없는 미세한 각도였는데
지금은 두 팔을 다 펼쳐도 내 아름에 들어오지 않을 만큼
각도의 행방은 묘연하다
가난해도 소박해지지 않아서 가난을 신뢰하지 않는다
친절한 것은 일몰에 걸린 노을뿐
매일 기도한다
이곳에서 이곳의 풍습에 친절해질 수 있게 해 달라고

차가운 금속들을 만질 때 소박한 기분이 찾아오게 해 달라고

모든 것을 두 번씩 생각하지 않게 해 달라고

시간 외

시간 외 수당은 지급되지 않는다
구름이나 바람은 시간 외에 있어서 따로 돌봐야 하지만
생각의 노동에 수당은 없는 것

시간 안에서
시간이 끝나기를 기다리는 지루한 입술들

시간은 누워 있어도 생겨나고 밀폐해도 똑같은 밀도로 생겨난다
울음 근처에서 시간은 잠시 뜸을 들이는 듯하지만
울음은 잠시뿐

구름 아래
인생의 절반 이상을 농담으로 살았던 자가 지나간다
그자는 자신이 어디서 왔고 몇 개인지도 모르는 자이다

오래오래 사는 것이 자신에게 할 수 있는
유일한 복수라는 생각을 매일 한다
새벽에 뒷산에서 내려온 노루의 처절한 울음을 들었다
그 울음을 듣는 귀는 시간 외 귀였고
두 귀는 노루가 있음직한 곳을 잠시 어슬렁거리다가
다시 들어와 잠을 잤다

내일은 절벽에서 만나요

내 몸 외곽에 절벽이 있다면 어깨 부근이리라
절벽의 절경을 닮지는 않았어도
우연히 내 어깨를 기어가는 벌레의 심리는 어떨까
탐사가 불가능한 몸 안쪽 어딘가에도 절벽이 있어 간혹 천 길을 떨어지다가 일어나
식은땀을 닦을 때도 있으니
이 작은 육체에 왜 이런 절벽의 유형들이 자리 잡았는지 알 수 없는 일
바닥에 떨어져 용케 다시 기어가는 벌레의 행적은
내 어깨에서 낙하한 잠깐의 해프닝을 금방 잊는다
벌레같이 기어다녔던 바닥들
내 식은땀의 후일담은 그러나 아직도 끈적하게 남아 있다
헤어지자고 말하던 당신의 그 작은 입술이 내겐 절벽이었다
실직 후 일자리를 찾아 어느 사무실을 찾아갔을 때
몇 개 안 되는 계단이 모두 절벽이었고 폭포수 같은 식은땀이 흐르던 기억

내겐 각도가 조금씩 다른 절벽 몇 개가 있다
그날의 날씨와 심리에 따라 절벽에서 언덕으로
평지가 되었다가 다시 몸을 세우는 절벽들

얼룩말 같은 밤

구름은
무엇이 한 켜만 보태져도 무너진다
오늘은 한기가 한 켜 보태져서
흰 눈이 퍼부었다
내일은 누군가의 기도가 한 켜
다음 내일에는 흔해 빠진 한숨이 한 켜
또 다른 내일에는 내일의 이복동생이 한 켜
보편적 세계도 한 켜

말년복이 있다는 운세는 믿을 수 없다
매일 오늘이 말년 같으니
말년은 이미 지나간 날씨가 아닌가
구름에 한 켜가 내려앉는 순간
그 아슬아슬한 접점을 감정으로 가진 행인들을 본다
눈이 흩날리고
어둑한 저녁은 이미 시력을 잃었는데
흰 눈 사이로 누군가 오고 있다
얼룩말 같은 밤

골목에 주저앉는 전단지들

2부

당신에서 당신까지

당신은 슬픈 주소를 가졌다

일몰이 시작되는 바닷가
두 손바닥으로 얼굴을 가린 채 쪼그리고 앉아
울고 있는 당신
몰락한 무엇이 눈물로 흘러내리다가 점점 휘발된다
집이 불온한,
당신은 슬픈 주소를 가졌다
일몰은 당신이 돌아갈 행로를 지운다
집을 떠나올 때
조립식 판넬에 빗방울이 토닥토닥 떨어지고 있었다
당신은 지금 바다
주인을 잃은 애완견이 방파제 쪽으로 뛰어갔다
당신은 해안의 모래를 걷기 위해 바다에 왔다
밝은 곳에서 내내 어두웠던 당신
어두워서 눈물만 부표로 떠 있는,
당신이 걷는 모래는 시간의 지층이 모든 것을 용서한 증거들이다
발이 푹푹 빠진다
지금도 조립식 판넬엔 비가

토닥토닥 내리고 있을지도 몰라

당신의 저녁

나는 이제 울지 않는다
예전에는 당신을 눈빛으로 알아봤는데 이젠
냄새로 당신을 더 자세히 알 수 있다
나는 이제 울지 않는다
우는 일이 좋아 보이지 않는다
세월이 흘렀는데도 항상 내 곁에 있는 당신
서로 생선뼈를 발라주며 밥을 먹었다
당신의 냄새가 좋아
우리는 욕심과 고요 사이를 아슬하게 지나고 있었다
할 일이 없을 땐 싸웠다
싸우고 나면 너무 많은 생선뼈가 쌓였다
나는 이제 울지 않는다
날마다 저녁은 올 것이고
그 저녁이 울음 자체이므로

그리운 쇄골뼈

내가 속한 세계는 바람이 불고
알아듣기 힘든 방언이 불쑥 돋아난다
바람은 곧 통풍으로 파고들어 방언의 질서를 간섭한다
몇 개의 방언으로 하루를 버틴다
이 세계에 속한 당신의 쇄골뼈가 시리다
당신만 아는 방언으로 당신의 오목한 쇄골에 내가 잠겼을 때
그 짧은 행복은
참담한 아름다움이 절경을 이룬 때였다
통속한 하루가 아깝지 않았다
나는 몇 개의 방언으로 남았다
당신은 바람이 되어 어느 모서리를 돌았다
그러나 잊히지 않는 당신의 쇄골뼈
그 오목한 쇄골에 고여 있던 물기가 무엇이었는지는 기억나지 않는다
낮잠을 자다 깨어 뒤척이는 방언과 아직 남아 있는
오후의 햇살뿐

햇살에 부신 반짝임뿐

당신의 후렴

인공감정으로 울고 웃는다
감정은 돈 몇 푼과 건강 걱정 비염 따위로 구성되었다
나는 자연에서 격리되었기에 어떤 감정도 자연적이지 않다
자연적인 것은 순식간에 터지는 긴 하품뿐
하품의 후렴인 눈물 찔끔
흰 눈이 지루하게 내렸다
주황 파라솔이 하얗게 변했다
이 모든 풍경은 인공감정으로 1초 만에 읽어낼 수 있지만 자연적인 감정으로는 일생을 허비해야 한다

당신이 사과 몇 알이 든 봉다리를 건넸다
나는 사과의 감정을 깎아 다시 당신에게 건넨다
우리는 이쯤으로 지내는 게 젤 편한 것 같아
사과를 먹으면서 말했다
모든 과일의 단맛에는 인공감정이 함유돼 있다는 것을 최근에야 알았다
과일에는 과거가 없다는 것도 알았다

당신은 나의 과거
과거는 움직인다

연기가 나는 창문

창문에 대한 연구는 끝났다
창문에 붙었던 바람결도 떨어졌다

바람은
육식성 비명을 식물성으로 전환해서 대신 울어 주는 대리 울음

육즙이 안 빠지게 잘 구워 주는 구이판을 샀다
당신이 어디쯤 오고 있는지 계산하면서 육즙이 안 빠지게,

창문이 없는 방을 안다
방이 없는 창문의 홀을 안다

창문이 추풍령 바람과 내통하는 날
잠을 설치다가 옷을 다시 주워입고 감나무 아래에서 울었다
어디까지 더 불어가야 하나

어제는 구체적이었다
구체적으로 돈을 갚았고 구체적인 기분이 되었으며 구체적인 미래를 설계했다
창문 없는 방에서,

내 단점은 틈만 나면 심각해지는 것
어디에도 쓸모가 없는 심각 때문에 생활의 각도와 방향을 쉽게 내주었다
이 독기가 무엇을 얻어오는지 알 수 없는 날들
창문은 안팎이 없는 기관
그 투명한 기관에 지글거리는 고기 연기가 착 달라붙는다
연기가 실핏줄로 짙어진다

과거형으로 복습하다

파스 냄새가 나는 거실
과거형으로만 발음되는 계획들
가난하지 않은데 심하게 궁핍한 생활

밥솥이 나와 있고 현관엔 누군가 왔다 간 흔적이 있다

사소한 실례와 작은 것에 무너지는 하루가 등장한다
처음 햇볕을 쪼인 시간과 수면은 깊은 비례를 가진다고 한다
우편배달부의 오토바이 소리가 사라진 후에 햇빛을 보았으니
오늘 밤 잠은 늦을 것이다

내가 궁금한 것은 내 손바닥보다 작은 것들의 밀도
돌아오지 않는 질문의 후일담
반경 오십 미터 이내에서만 생활하면서도 살 수 있다는 것이 신기하다

지중해 연안에는 아직도 카뮈가 산책 중일까
내 일부가 자꾸 부풀어 극지방에 녹고 있는 빙하까
지 보는데
오늘의 한기는 그 극지방에서 전하는 안부였다
나이를 먹는다는 것은 점점 과거가 되어간다는 것
과거가 되어
이미 살았던 것들을 예습 복습한다

숙성 중인 생활

숙성되고 있는 빵 반죽은 발효실에 흐르고 있는 음악 장르에 따라
발효가 달라진다
잔잔한 연주를 들을 때와 시끄러운 노래를 들었을 때
각각 빵 맛이 달라진다
귀도 없는 반죽 덩어리가 음을 어떻게 구분할까
밀가루 반죽은 연체동물인가
아득한 과거의 참상이 아직도 꿈에 보인다
소음의 사춘기에서 이명이 발효되었다
가출과 실패 그리고 흉터를 가지던 비명
입은 건전했지만 눈빛은 불온한,
신체의 발효실에서 자행되는 이중생활로 날씨는 갈팡질팡했다

미열이 생활의 발효에 어떤 영향을 미치는지도 모른 채
불온한 날짜와 예측이 불확실한 날씨를 따라 어디

론가 흘러갔다

목하, 그 날짜에 그 날씨가 내 앞에 있다
눈빛이 흰 채 더 흘러가야 한다
날씨가 차다
추위가 오면
내 오글오글한 꿈은 소음의 숲에서 금방 나온
따뜻하고 고소한 장르 쪽으로 기운다

주술

건드리지 말아야 할 것을 건드렸다고 말하는 게임 광고를 보면서 나는, 아찔하다 내가 건드린 것은
건드리면 안 되는 것이었고 건드려서 이득 볼 것 없는 것이었기에

그것을 건드린 후 나는 어두운 쪽으로만 걸었다 나는 소문이 되었다 나는, 자꾸 어딘가 나빠졌다

그 후에도 내 날씨는 무언가를 그리워하는 기온에 머문다 맑아지기 위해 바닥까지 내려가 임상을 했다 그 자해로 인해 자신에게 번번이 속는 습관을 갖고 말았다

내 주술은
남의 눈에 보이지 않는 것들이 보이는 것
눈을 감으면 더 많이 보인다는 것
주술을 풀어야 한다
파란 약 빨간 약이 아니라 생활 속에서

먼저 지나간 일부터 빨리 정리해야 한다
과거의 치명적인 과오는 현재를 살기 위해 깨끗하게 정리했다고 생각했는데
악몽에게 들키고 비 오는 날 알 수 없이 찾아오는 허망에 들키곤 한다
보는 것이 죄가 된다

모든 것을 무기물로 만든 뒤 흔적만 보여주는 것이 바람이라면, 그 끝에 내 조상이 있고 바람의 현재가 내 후기일 것이다
건드리지 말아야 할 것을

그대여
그리고 이 낱낱의 저녁이여
아주 작은 소품을 안고 너를 우회한다

나를 버릴 만큼은 아녔다

나무가 초록을 버렸다

하늘에서 눈이 오다가 비로 바뀌었다

생활은 비루했지만 나를 버릴 만큼은 아니다

노래방에서 몸을 팔았던 여대생이 껌을 씹으며 내 옆을 지나 편의점으로 들어가 흑맥주를 사서 나온다

검은 봉다리는 내용을 감추지 못한다

나무는 진짜 초록을 버린 것일까

우주라는 말을 쓰는 사람을 보면 왜 고루하게 느껴질까나

내가 사는 이 소도시에는 한때 다방과 교회의 숫자가 비슷했다

다방이 거의 사라진 지금은 거의 사라진 다방의 수만큼 교회가 더 늘어났다

축복은 하늘에서 내려오는 걸까

지하에 매설된 송유관에 들어찬 축복은 무엇인가

눈과 비가 섞인 도로는 질척거린다

수직보다 수평의 구조가 더욱 질척댄다

초록은 회색 이전의 수직 욕망

견디기 힘들었지만 나를 버릴 만큼은 아니었다

관계자 외 출입금지

관계자 외 출입금지 구역에서 나는 관계자가 되기 위해
당신과 관계한다
관계라는 이 음탕한 말에 얼굴이 달아오르지만 꾹 참고
관계자가 될 수 있다면
비열하지만 양심이 엿보이는 눈빛, 가능했지만 불가능에 탐닉되었던 태도
그런 것들에 관계하느라고 가정을 돌보지 못했다
후회는 미래가 되었을 때만 할 수 있는 것이기에
불임의 미래에 기대어 후회와 관계한다
관계를 할 때마다 아팠던 고통
고통은 항상 처음이다
누군가는 소통을 관계와 같은 의미로 사용한다
이렇게 많은 관계자 외 출입금지는 무엇인가
가정폭력 혐의가 있는 자는 매일 관계하던 자기 집에 더 이상 출입하지 못한다
관계는 폭력적이다

아니다 관계는 처음의 고통이었다
아니다
아니다

밤하늘에 눈사탕이

가로수로 심은 벚나무들이 푸른 치마를 걷었다
둥근 연못은 벚나무의 하초와 내통한다
지나친 두통이 있는 당신은 집에서 나와 연못을 두어 바퀴 돌아본다
눈빛을 피하면서
말소리가 적은 곳을 걸으며
이곳은 실제로 암 판정을 받은 환자보다 기분에 암을 자가진단한
우울한 눈빛들이 주로 찾아온다
인공조명이 밤의 눈을 가려서 밤은 아무것도 볼 수 없다
아이 것으로 보이는 작은 팔찌가 붉은 블록 위에 버려져 있다
당신은 그것이 아주 소중한 것인 양 주워서 외투 주머니에 넣는다
이런 사소한 동작이 당신에겐 필요했다
월동을 위해 치마를 걷고 모든 감정을 뿌리로 숨긴
벚나무의 튼살을 만져본다

두통은 야간 식당의 텅 빈 홀로 손님인 척 들어갔다
때로는 텅 빈 것이 치료제를 대신한다
밤하늘엔 반짝이는 눈사탕이 주렁주렁이다

날개 달린 개미가 거미를 물고 있다

구름이 왔다
구름은 허공의 거푸집
구름이 흩어지면 그 모양대로 허공의 집성촌이 생겨난다고 했는데
내 눈엔 아무것도 보이지 않는다

내 감정의 거푸집은 처음부터 감정의 본을 뜬 것이 아니다
그것은 감정을 감추기 위한 위장장치
그것은 다만
감정이 없다는 것을 숨기기 위한 가림막
거품으로 된 감정의 거푸집을 걷어내면 감정이 없다 허공의 거처가 그렇듯이

흐린 날, 심호흡할 때마다
내 호흡기를 출입하는 공기의 양이 점점 줄어들고 있다
감정 비슷한 것들이 고요 쪽으로 기울고 있기 때문

이리라

내가 무료로 사용하는 허공의 공기는 후생이 없다

아플 때만 철이 드는 심보엔 미량의 후생이 자라고 있을 것이다

죽음에게 이자만 갚고 있는 처지이지만

기어이 원금을 지불해야 할 때

그때 내 눈에 보이는 것은 모든 거푸집일 것이다

잠시 구름이 모여들었던 자리

날개 달린 개미가 거미를 물고 왔다

갔다

당신이 가진 것 중에서 가장 작은 것

참혹은 체한다
몰래 삼킨 비겁도 체한다
육성으로 누군가에게 아름다운 말을 전할 때
참혹은 섞여 있다
편집된 비겁이 섞여 있다
아름다운 것을 찾아 일생을 낭비했는데 불순의 세포가 아름다운 것의 최대라는 것을 알아버린 것은
최근의 일
그리고 아름다운 것은 최소로만 반짝인다는 것
당신이 원하는 것을 나는 줄 수 없다
당신은 떠나고 나는 남기에
나는 떠나고 당신이 남기에
목 아래 참혹이 체해서 껙껙대는데 아름다운 것의 최대가 눈에 어린다
내가 보고 가는 것은 이 세상의 최소이다

식품

저녁에 먹은 시금치무침과 청국장이 내 몸의
영양과 구조가 돼 가는 동안
인테리어로 기능하는 고장 난 타자기, 백남준이 졸고 있는 사진 아래에서 인터넷 바둑을 두었다
시금치무침과 청국장이 소화되어 흡수되면 내가 버리지 못하고 있는 거친 고집이나 혹은
남에게 착하게 보이려고 쇼를 하는 위선의 웃음을 돕거나 탓하는 에너지가 된다
먹는 것이 대부분 내 일부가 되는 이 현상은
유전자보다 질긴 구석이 있다
식성에 따라 말하고 행동하는 기계적 관습
고기를 먹은 날, 고기 같은 태도로 누군가와 싸웠다
식욕을 이길 수 있는 가치는 없었다
매일 먹는 식품과
성격이 비슷한 내가 매일 생겨난다
식욕에 의해
식품의 종류에 의해
나는 매일 다른 내가 된다

고양이와 구름으로

나는 매일 갈라진다
서로 다른 말을 내뱉는 위턱과 아래턱으로
갈 길이 다른 무릎의 두 연골로
하지만 나는 질서정연하게 하루의 일과를 마칠 수 있다
저녁에 찾아오는 피곤은 견딜 만한 후렴이기에 불만이 없다
바람에 날리는 흰머리와 눈에서 나오는 주술은 서로 만날 수 없지만
주소가 같다
당신의 고민이 집을 포위한다
고민은 두 가지로 갈라져 있다
고민 하나가 옆으로 픽 쓰러지려고 하는 걸 반대편에 있는 고민이 받아서 다시 바로 세워 준다

태도가 모든 것을 결정한다
식물의 감정을 보태지 않아도 하나의 생애는
동물적 생태와 맞물려서 결론을 만들어낼 수 있는 법
그러나 내 주위는 식물과 식물성으로 갈라져 있다

취업이 안 된다고 고양이가 운다

오늘의 힘이 약화되면 지나온 날들을 죄다 편집해 버린다

나는 매일 갈라질 수 있다

식물성과 동물성으로

고양이와 구름으로

저녁 변검술

저녁이 왔을 때
단지 몇 분만 관람이 가능한 석양이 찾아왔다
일대를 금빛으로 도금한 착시 앞에서
그 짧은 시간에 모든 죄와 회한을 고해야 한다
저 황금빛 변검술은 쇠락한 태양의 가문에만 전해지는 비법이라서
화려한 금광을 채굴해 바쳐도 배울 수 없다
석양 앞에선 모든 것이 공평해졌다
낮에 나를 괴롭힌 고약한 집착도 석양빛에 물드니 스르륵 녹았다
내가 그토록 가고 싶어 했던 지중해 연안이 금빛으로 춤을 춘다
석양의 찰나
찰나의 석양이여
죽은 자들의 안부를 전하기 위해 가장 숭고한 부위가
마지막으로 긴 띠를 이루며 길게 누웠다
죽은 자들의 안부란 생각보다 간단해서 발설하고 뭐하고 할 것도 없었다

그리고 모든 것이 사라졌다

이 단막극을 관람하려고 하루를 기다리고 일생을 서성이는가

곧바로 밤이 왔다

3부

희미한 층위들

당신 반복하는 반복 씨 맞나요?

가고 싶은 데로 가면 되는데 나는 눈치를 본다
평생 가보기 힘든 그곳으로
로또의 확률이 허락해야 가볼 수 있는 그곳
언제나 만져보고 싶었던 그곳
솔직히 말하면 그곳으로 가지 못해 눈치를 보는 게 아니다
그곳이 어디인지 모른다
더 솔직히 말하자면 딱히 그곳으로 가고 싶지 않다

너무나 보고 싶은 첫사랑이 어디 사는지 알면서도 끝까지 찾아가지 않는 이의 심정과 비슷하지만
그러나 그곳은 또한 그 심정 너머에 있다
죽는다는 것이
몸을 떠나 어딘가로 사라지는 것이 아니라 내 몸의 깊은 곳으로 이동하는 것이라고 말할 때
살아서는 탐사할 수 없는 내 안의 깊은 지층을 건드리는 행위라고 말할 때

병원에서 내 몸을 스캔해도 현상되지 않는 것

뼈대와 핏줄과 장기들과 다른,

아무 이상이 없다는 진단을 받지만 수시로 찾아오는 두통과

저녁에 때때로 바보같이 울게 되는 난처한 상황을 연출하게 하는 것은

분명 살아서는 수색이 어려운 일

지금도 내 몸은 다 살아 있는 것이 아니고 어느 부위는 이미 깊은 지층의 단층에 포함된 것이 있지만

나머지 움직이는 팔과 다리 혹은 육성과 눈빛이 남아 있기에

그것은 살의 배경에서 덜렁대고 있겠지

그 덜렁대는 것이 가끔 삶의 요철을 지날 때

두통이 되고 눈물이 되는 것이라고 말할 때

형벌이라면

내가 살고 있고 이미 살았던 시간을 다시 그대로 한 번 더 살아야 한다는 것

미신을 믿고 여름을 조심하고

각시붓꽃이 거느린 보라의 세계는
겨우 자신의 체중을 견디는 정도였다
아침에
비 맞은 붓꽃과 반짝이는 보라와 뒷산에서 내려온 짐승을 보았다
내 하루는 그것들의 생태에서 더하지도 않고 덜하지도 않다
지중해로 여행을 떠났던 피곤의 배경이
아침에 본 보라의 세계라면
나는 더욱 사소해져야 될 일
사물의 풍경에 후회를 섞은 건 내 착각이었지만
내가 매일 여러 개의 퍼즐로 쪼개졌다가
잠들기 전
각각 다른 무늬를 분류하고 모으고
성질이 비슷한 장르끼리 묶는 수고를 해야 하는지 몰랐다
이것만으로 낯선 감정이 도착하지는 않으리
미신을 믿고

여름을 조심하고

말할 수 없는 것을 모은다

너무 멀어서 은밀하지 못한 것들

너무 가까워서 부풀어 보였던 것들

아플 때마다

어둔 방을 방문하던 불편한 체온이여

한 계절을 겨우 견디는 보라와

피곤의 감정

그리고 내가 생각하는 것을 그대로 본뜨는 어둠

낮과 밤이 겹치는 시간을 기다리고 있다

소리라는 음식

비 그친 감나무에서 새가 운다
내 어슷한 청각은
엇비슷한 새소리의 음절을 알 수 없으니
며칠 전 그 가지에서 꼬리를 까불던 그 새가 오늘의 이 새인지 분간을 못 한다
그냥 본다
새도 나를 그냥 볼 것이다

비는 벌써 그쳤지만
잎사귀에 있던 작은 빗물이 투둑 떨어졌다
빗물의 최후 눈물인가
빗물의 언어 같기도 했다
비와 새와 바람 따위가 내 귀를 지나가면서 전하는 전언
그것의 발성법과 문법을 해독할 수 있으면 좋겠다

어느 저녁에는
싱크대 물소리를 듣다가 오열한 적이 있다

또 어느 가을에는 연애편지를 나무 밑에 묻으려고 산에 갔다가
발에 밟히는 낙엽 소리와 오래 얘기하다가 내려온 기억도 있다

누가 나를 나쁘게 하지 않아도
나는 알아서 나빠졌다
나쁜 것이 나쁜 것이라는 생각이 들지 않았다
변성기가 지나고 얼마 있으면 노안이 오고
노안으로부터 틀니가 멀지 않듯이
내 의지와 상관없이
내가 나빠지는 것은 내 인생의 목록
적당한 순번에
이미 기록되어 있었기에

변성기에서 이명은 멀지 않았다
울음으로 시작해 비명으로 끝나는 여정도 멀지 않다
감나무의 새소리
바람의 기침 소리

내 이명에는 따로 약이 없다고 한다
귀에서 소리가 체하면
일단 소리를 과식하지 않는 것이 중요하다고 한다

당신을 설명하다

당신을 완전히 이해하면 당신을 더 이상 사랑할 수 없기에
우리에겐 아직 설명이 필요하지
낮과 밤을 설명해야 하고
너무 쉽고 너무 뻔해서 일부러 길을 우회하는 행로를 설명해야 한다
설명이란
모든 것을 이해한 뒤에 추가하는 달콤한 디저트

설명의 의미를 눈치챘다 해도 우리는 멈출 수 없지
기도해서 아무것도 달라질 게 없다는 걸 알면서도
지루한 기도를 멈추지 않듯이
당신의 설명을 듣지 않았다면 나는 드라마의 결말과
식탁의 반찬과 신발 밑창이 바깥으로만 닳는 이유 따위를 오해했을 것이다

어디까지 설명했는지 알 수 없을 때가 있다
문득 노안이 와서 당신이 아득하게 보일 때도 내가 당

신을

어디까지 설명하다가 말았는지 기억나지 않았어

저녁을 설명하다가 폭소가 터지기도 했다네

통곡을 한 것이 오래되었고

당신의 육성은 음을 이탈했으므로

중독은 설명할 수 없다

눈물을 어찌 설명하겠는가

그러나 눈물에 중독된 슬픔은 충분히 설명할 수 있지

음식 프로그램과

이렇게 살아도 되는가, 자신을 의심하면서도 이렇게 살고 있는 비겁과

폭우와

미필적 고의의 반성과

아무리 흔들어도 깨지지 않는 비명

한 줄로 요약이 가능한 이력서

결과가 먼저 왔고

지루한 풀이 과정만 매일 지속된다
누군가에게 죽도록 맞고 싶을 때가 있지
이 모든 것은
당신의 설명이 예보하는 날씨들이다

질문

꽃 피우는 식물은 한 계절이 평생이다
한 계절을 평생으로 쓰는 것과 평생을
한 계절에 압축해서 담으려고 하는 노력 중에서
누가 더 유리할까
누가 더 잘 사는 것일까

내 몸이 일 년씩 낡아가는 속도와 비교했을 때
집이 일 년에 얼마만큼 낡아가는지 알 수 없다
내가 집에 머무는 동안
내 온몸에서 나오는 체온과 말을 할 때마다
말을 빌려 따라 나오는 내 안의 습기가
집의 노후에 영향을 준다고 하니
때로는 집의 기분을 이해할 때 있다

하루를 평생으로 쓰라는 말에 힘 얻을 때 있다
아무리 시간이 가도 해결될 것 같지 않은 사건은
하루 만에 심판하고 종결해야 한다
하루가 지나면

같은 질문과 같은 답변이 지루하게 이어질 뿐이다

로마군에게 저항하다가 960여 명의 유대인이 최후를 마친
요새 마사다 지역에서 발견된 대추야자씨는
이천 년 만에 싹을 틔웠다고 한다
이천 년 동안 질문을 물고 있다가 이제야 입을 연
대추야자씨의 이름은 므두셀라이다

어느 날 식당에서
짜장면을 먹다가 벽에 걸린 거미라는 시를 읽었다
거미라는 제목과 시만 있었기에 주인장도 누구의 시인지는 모른다고 했다
그 거미라는 시는
한동안 통째로 외워지다가
몇 문장만 겨우 떠오르다가
지금은 제목 외 기억나는 게 없다
그런데도 그 시가 참 좋다
기억할 수 있는 것은 제목뿐인데 그 시가 참 좋다고

한다

이것을 어떻게 설명하고 이해할 수 있을까

고요의 반경

종이의 재질은 고요이다
고요 위에 물글씨로 문장을 쓴다
몇 분 후
글씨와 문장은 마르고 없다
문장이 있었던 자리를 햇살에 비춰보면
약간 쭈글하다
글씨와 문장은
고요의 근육이 되었으리라

때로는
돈 받고 쓰는 글보다 더 힘들게
단어를 고르고 문장을 엮을 때가 있다
돈보다
낱낱이 흩어지려는 내 안의 짐승들을
울타리 안으로 불러모아야 할 필요가 있을 때
그런 경우가 아니라면
돈을 받고 쓰는 글에 가장 몰두하게 된다
마감을 넘긴 때도 없다

자신의 글에 대한 자존과 권리를 주장하려면
상거래법도 준수해야 한다

수많은 말이 난무하지만 서로 얽혀서 무슨 말인지
풀어낼 수 없을 때
고요는 선명해진다
소리의 덩치를 줄이고 줄여
하나의 점이 되었을 때
점점점 고요의 밀도는 예민해진다
먹이를 포착하기 직전인 것이다
고요가 소리를 포식하고 나면 약간 쭈글해진다
그러나 잠깐이다

아무렇게나 하품을 하고
아무렇게나 널 생각하지
아무렇게나 생각할 수 있는 너는 예쁘고 교양 있고
또한 요염해서
호박잎을 뜯어 먹는 검은 고양이의 속성을 닮았지

입이 없고 소리가 없고 손가락 끝으로만 글씨를 쓰는
투명에 가까운 널 나는 좋아하는 거지
반복하고
반복해서 쳐다봐도 노이로제에 걸리지 않는
너의 묵음이 좋은 거지

말로 할 수 있는 것이 줄어든다는 것은 어떤 의미일까
아침저녁으로 몸이 다르다는 것은 무슨 말일까
내가 사는 곳에서
반경 백 미터 안에 모든 것이 살고 있을 것이라는
이 착각의 암수는 어디서 만나
새로운 사랑을 나누는 걸까

그때 당신

당신이 슬픔의 고압선에 닿아 찌지직 타버리려면
몇 볼트의 고압전류가 필요한가요
반 죽었다가 살아났다는
그런 맹숭한 장르는 얘기하지 마세요
죽을 만큼 아팠다는 기억도 말고요
독자는 진짜 리얼을 원하잖아요
명품 쇼핑을 하면서 바닥을 얘기하는 것은 가장 나쁜 죄잖아요

전 지금 시네마천국의 테마음악을 듣고 있어요
저에겐 고작 이런 것이 고압선이긴 해요
슬픔을 손빨래해도 고압이 생기긴 하는데요
그러나 슬픔이 들어가는 모든 단어에는 슬픔이 빠져 있잖아요
예쁜 이름을 가진 고아원일수록 아이들을 학대하잖아요

추풍령에서 불어오는 바람을 걸으면, 글쎄요

보풀을 잘못 만지면 느껴지는 정전기 정도의
그쯤의 전류를 느끼는데요
전 이런 걸 고압이라 착각하며 산답니다
내 입술에서 발원된 소문의 내용은
대부분 정전기 수준의 전류가 뻥쳐져서
감당할 수 없는 고압선 소문으로 퍼진 건데요
글쎄요
당신의 경우는 어떤가요
당신도 크게 다르진 않을 것 같은데요
잠시만요
문 좀 닫고 올게요

바지춤을 올리지도 못하고

뒤로 걸으면 치매 예방에 효과가 있다고
누군가 조언해 주지 않았다면
내가 뒤로도 걸을 수 있다는 사실을 알지 못했을 것이다
태어나서 제대로 뒤로는 걸어본 기억이 없다
왼손으로도 밥을 먹을 수 있지만 한 번도 그러질 않은 것같이
내게 뒤로 걷는 일은 어색한 일
할 수는 있지만 어색해서
굳이 할 필요가 없어서
하지 않고 있는 일이 또 뭐가 있을까
그러고 보니 난 아주 치우친 인간이구나
남에게 피해만 주지 않으면 무슨 짓이든 해도 된다고 생각하는 인간이구나

그런데 그런 일이 있을까
내 안의 짐승은 오늘도
할 수 있지만 어색해서

꼭 해야 할 필요가 없어서
치열의 마찰열과 치욕의 어금니를
그냥 내려놓고
바르게 살고 있다
검은색의 주술을 풀기 위해
밤은
바지를 채 올리지도 못하고 올 것이다

만원 때문에 옆눈을 가지는

아무리 자세히 봐도 바닥에 있는 것은 계산이 안 된다
작은 곤충의 세계
만원 때문에 옆눈을 가지는 바닥인의 사정
바닥에 툭 떨어지는 소매 단추의 누추
바닥을 벗어나기 위해 매주 로또를 사는 일용직의 낡은 저녁

아무래도 계산할 수 없다
더하면 마이너스 통장이 나오고
빼면 절벽이 나오는 계산법

이 악랄한 계산법은
죽는 일보다 사는 일이 더 지독하다는 이론에서 시작되었다
이목구비를 제대로 갖춘 바닥은 없고 운명을 긍정하는 바닥도 본 적 없다
이 바닥은 다국적으로 평수가 넓어서 난민이 몰려

든다

더럽고 누추한 것들이 아무렇게나 모여서 아름다운 이빨을 드러내고 웃는다

어느 날 이런 장면을 보면서 침을 질질 흘리며 울었다

먹다 만 밥그릇이 식어 있었다

나는 무엇이고 어디에 있는가

지루하고 통속한 질문을 너무 오래 만지작거린다는 것을 안다

그러나 이 질문을 지우면 바닥에 닿을 수 없다는 것도 안다

착지하지 못하고 무중력 상태로 공중에 둥둥 떠다녀야 한다

다시 계산한다

소박을 더하고 욕망을 살짝 덜어내고 어둑한 저녁을 곱하고 운명적 낭패를 나누어 본다

의심 한 뚝배기 하실라예

달팽이가 죽어 있다

살아 있는 형태로

마른 석류나무는 죽어 있는 형태로 살아 있었다

살아 있는 형태로 죽은 생물들을 어딘가로 버리고 손 씻는 일로 하루가 시작된다

생사를 오가던 이가 침대에 누워 겨우 잠들어 있을 때

손가락 두 개를 펴 가만히 코에 대보는 일

할 짓이 못 된다 나쁜 일이다

해고 노동자의 자살 소식을 들었다

해고는 누구에게나 멀지 않은 거리에서 대기 중

살다가 해고되는 순간은 항상 등 뒤에서 온다

너무 순식간이라 칼이 베고 지나간 흔적이 없어 살아 있는 형태로 걷다가

어, 내가 왜 이러지?

그 순간 두 쪽으로 갈라지는, 그것도 살아 있는 형태로

통계로 계량된 기쁨

확률로 계산한 미래

그 빗금에 있는 미세한 의심들

건전한 의심이란 불안보다 넓은 평수의 고백을 경작
한다

불온하지만 살아 있는 형태로

비가 오면 추억에 잠기는 건가요

손톱 발톱이 돋아나 있는 자리가 내 몸에서 가장 먼 곳이지만
다시 생각해보니 그것보다 먼 것이 있는 듯했다
내 몸의 일부인데
내 것인데 내가 한 번도 만져보지 못한 것
수술을 하고 투시사진을 찍어도 현상되지 않는 것
그러나 내 몸의 일부로 있는 것이 분명한 것
수시로 내 몸의 수축과 이완에 관여하는 것
기분에 관여하는 것
아무리 긁어도 시원해지지 않는 것
나에 대한 나쁜 소문이 귀에 들어오고
고립되고 낮아지고
내 신체의 일환이지만 나와 따로 노는 것
내가 하지도 않은 말을 누군가의 눈빛에 퍼뜨리는 것
그게 무엇일까

어디서부터 그것과 내가 꼬인 것일까
평생을 좌우하게 했던 어떤 선택 그 순간부터

그것과 나는 꼬이게 된 것일까
죽을 때까지 가슴에 묻고 가야 할 일이 있었던 그날부터였을까
걸을 때마다 운명이라는 족적이 찍혔다
비명도 모자라 피가 나도록 긁었던 손톱에서
운명은 또 조금씩 돋아났다
모든 형식과 내용은 결국 한곳에 고인다는 일기를 쓴 후
내 몸에서 가장 먼 것은 내 몸에서 가장 가까운 것이라는 생각을 했다
만질 수 없고 보이지도 않지만 항상 파르르 떨고 있는 것
내가 삼잘 때도 내 곁에 있는
파르르 떨면서 편집을 시작하는

기억의 자전

화목보일러실에서
폐가로 늙다가 무너진 폐목 얻어온 것으로
화구에 불 지핀다
한때 한 식솔을 지탱했던 기둥들을 격렬한 불길이 화장하기 전
염을 하듯 연기가 모락모락 피어난다
부엌간 뜯어온 폐목인지 그을음이 묻어 있다
저 나무들이 지탱해 준 부엌에서 엄마는 불을 때 밥을 하고
그 잔불에 생선을 굽고
부엌 찬장 어느 사기그릇에는 아이들에게 간식으로 줄 엿을
밀가루 속에 숨겨 두었을 것이다
모든 사연이 불길에 휩싸인다
관절을 꺾어 바깥 허공으로 입을 낸 연통으로
연기가 피어오른다
바깥엔 겨울비
평소엔 쉽게 허공의 일부로 편입되던 연기였는데

오늘은 겨울비와 다툰다

텅 빈 고요

속에 탈이 나면 치유가 될 때까지 아무것도 먹지 않고 버티는
짐승의 자연치유법
우리 집 설이는 어느 날 무엇을 잘못 먹고 온종일 토하더니 식음을 전폐했다
눈물만큼의 물만 축였다
그러다가 물 한 방울 찍는 것도 힘들어서 온종일 동그랗게 만 채 꼼짝하지 않았다
보름쯤 지났을 때
뼈만 남은 녀석의 최후를 예견하며 장지까지 미리 봐두었다
그러나 그 고비 후 미음을 핥기 시작하더니
며칠 만에 빠르게 회복되었다
길들여지고 순응했지만 본능 속 처방전을 봉인하고 있던
야생의 치유법에 의지해 녀석은 완쾌되었다
감기만 걸려도 항생제가 포함된 여러 알의 약을 털어 넣은 덕분에

내 외피는 칼에 베어도 곪지 않는다
쓰리고 아프기만 할 뿐
몸이 외부의 균과 싸울 때 곪으면서 생기는
그 황홀한 간지러움! 간지러움의 황홀은 맛볼 수 없다
아플수록 잘 먹어야 된다고 아플 때도 꾸역꾸역 먹었다
속이 텅 빈 순간이 없었다
텅 빈 순간
그 고요 속에서 무엇이 탄생하는가
아무것도 없는 바탕에서 내가 다시 약도를 그려나가는 황홀
그 간지러운 황홀을 맛보지 못했다

시간의 신경

먼지가 앉은 창틀이 있다
손으로 쓸어보지 않으면
그냥 창틀로만 보이는 창틀이다
창틀의 친화력이 먼지들을 불러온 것일까
저 낱낱의 먼지가
먼지라는 육체를 가진 것은 언제부터일까
이목구비가 없는 먼지
내장이 없는 먼지
그러나 어느새 창틀의 신경이 된 먼지
저 창틀의 먼지는 이제 흩날리지 않는다
저 먼지의 연대는 폐가의 역사가 되었다
사랑스러운 무엇이 되었다
사랑이란 저런 절차를 거치기도 하는구나
유리창에 금이 가는 것도 먼지의 압력 때문이구나
나는 그가 올 때까지
시간을 때우기 위해
먼지가 창틀로 오는 여정을 지켜본다
내 두 눈에서 나온 먼지가 꽃잎같이 흩날리다가

창틀에 내려앉는다

시각은 금방 물질로 변했다

시간이 하는 것을 흉내 내면서

시각은 창틀에 사랑스럽게 포개졌다

꽃나무의 미혹

꽃나무는 스스로의 상징인 꽃을 버리고 겨울에게로 간다 (그것은 어려운 결론이었다고 후에 꽃나무는 말했다) 꽃나무는 두 귀와 시선을 뿌리로 내려보내고 말문을 닫는다 그의 무늬 헝클어진 후 회상만이 뒷문으로 출입했다 그들은 오래 침묵하다 다시 토론을 벌이고 아침까지 눈 부릅뜨고 있다가 녹았다 몇 권의 책은 제대로 된 형식을 얻지 못했다 그리고 지붕에서 떨어지는 물소리,

잡지가 젖는다

똑, 똑, 겨울비

중심은 어디에 있는가 중심은 소문으로만 떠돌 뿐, 혹은 중심이라 믿고 중력을 따라 낙화하는 꽃송이들

겨울은 스스로의 상징인 냉정으로 꽃나무를 허락한다 (그것은 어려운 판단이었다고 후에 겨울은 말했다) 그의 식구인 '살인적인'과 '고문하는'이 뿌리에 몰려 있는 꽃나무의 힘을 간섭한다 꽃나무의 하중에 해당하는 고요는 불 켜지 않고 미세한 날숨을 내쉰다 이

것으로 꽃나무의 생존을 말할 수 있는가

지난날, 꽃나무는 지나친 향기나 화려함을 거느렸다 그 근처에서 세월은 대부분 부식되었다 그리고 겨울이 저쪽 언덕 너머에서 기침할 무렵에야 꽃나무는 침착해지지 않았는가 두근거림이 점점 영토를 침식당하는 저물녘,

그런 때, 삶의 진로는 분위기다

4부

인공감정

고인

나는 최후에 개명할 것이다
개명할 이름은 고인
나와 비슷한 시기에 최후가 온 이들도 모두 개명을 하겠지
우스울 거야
모두 같은 이름이 되었으니
고인, 하고 부르면 수백 명이 동시에 쳐다볼 수도 있겠지
그 난감한 상황에서도 서로 통성명을 할 거야
저는 고인이라고 합니다 댁은?
아, 댁도 고인이시군요 저분도 고인이라고 하던데
이것 참 대략난감이올시다
개명한 이후에도 예전의 이름이 기억날까
그 이름으로 살았던 낮과 밤 혹은 그 이름을 걸고 내기를 했던 일들
고인이 되어서도 울 수 있을까
운다면 눈물은 어디서 흐를까
눈도 없이 울 텐데

은둔거미

증산 바람재 끝자락
일란성 배추가 자란다
농가를 고친 양철지붕 아래
머리 묶은 노인이 까마귀밥을 준다
까마귀는 잘못 살아온 노인의 생을 쪼아먹는다
며칠 전 대학병원에 장기기증 서약을 하고 온 후라서
노인의 표정이 좀 밝다
마실 나온 어슬렁바람
까마귀 밥그릇을 살살 약 올린다
바람이 가다가 약발 떨어진 뒤안
은둔거미가 착, 붙어 있다
말을 걸어 보려고 했지만 이미 입적한 뒤다

파란 하늘

눈이 퍼붓는 겨울밤이었다
김천역 건너편 언덕길을 나는 내려오고 있었다
그날은 역전 뒷골목 창녀가 죽은 날이었고
역 광장 팔각정에 기생하던 거지 패거리가 단체로 조문을 갔다고 했다
병든 여자가 죽었지만 누가 유곽에 조문을 가겠는가
거지패는 술과 음식을 얻어먹는 대가로 문화하숙집 비릿한 정적을 몰아내 주었다
만화방이 있는 남산동 언덕길을 내려와 김천역 광장을 지날 때
그 짧은 동선이 나는 무척 좋아서 최대한 천천히 걸었다
만화에서 보았던 낯선 세계들
만화에서 보았던 판타지가 그때 내게는 역 부근이었다
거지패의 외팔이 두목은 내 정보원이었다
그는 내게 역 주변 정보를 주고 나는 그에게 막걸리

를 사 주었다
　반경 오백 미터 이내에 수많은 소설이 숨어 있었다
　가방에는 펜과 노트가 숟가락 밥그릇인 양 항상 들어 있었다
　아무 연고도 없는 젊은 계집이 죽어 나갔는데
　배씨 성을 가진 포주 여자는 그래도 삼 일이 지난 뒤부터 손님을 받았다고 한다
　유곽 골목이 보이는 포장마차촌에서 자주 술을 마셨다
　그 시절
　내 젊은 피는 혈관을 따라 흐르지 않았다
　어둔 골목에서 토사물과 섞여 어디론가 흘러갔다

사랑

기어이 밤이 오고
밤의 뼈마디가 앙상한 나무에 일렁이다
한 해만 있다가 온다고 했던 님의 약속이 백발로 서다
얇은 서리가 내린 뒤 모든 잎이 동시에 낙하하다
검은 것보다 흰 것이 항상 먼저 오다
그러나 흰 것은 검음의 배경이 되다
지병이 낫지 않는 것과 밤이 가진 귀신의 이력서는 서로 비슷한 밑줄을 잇다
사시 가지가 우는 것을 축시 이후에도 듣다
님이 오다
봉분 두 개

알레고리 가정

핏덩어리 아기가 버려지는 사회에서
가정집의 불빛은 밝았다
첫 딸이 내 딸이 아니고
아들도 내 아들이 아닌 친자소송서를 들고
그래도 집에 들어간 가장의 앞니가 이글거린다
그런 이웃이 오손도손 가정을 이루고 살아왔다
아비가 친딸을 겁탈하는 오후
얼굴에 피멍이 들어 출근도 못 하는 오전
이 모든 것이 내 측근이다
근친은 피가 섞인 걸 빼면 무엇도 닮지 않았다
성격 차이로 이혼한다는 말은 얼마나 우스운가
사랑의 반대는 없다
사랑 반대편에는 어떤 것도 서 있을 수 없다
우리의 성격은 서양풍이다
사랑은 성격으로만 하는 것
어릴 때 사회 과목을 배우면서 그때쯤 수음도 배웠다
가정집의 불빛이 밝다

밝은 불빛에서 비린내가 난다
비린내 아래에서
가족은 고개를 숙이고
배달 온 가정식 백반을 먹는 중이다

어둠의 원본

어둠이 빛나는 한낮을 지나
어둠의 원본이 드러나는 밤이 온다
한낮에는 온갖 빛나는 것들 때문에 어둠이 훼손되었다
그 훼손된 한낮에 더듬거리며 일을 하고 더듬거리며
당신의 차가운 손을 잡았다
아무래도 당신의 눈빛은 밤과 잘 어울린다
밤에 만나는 당신의 허연 목덜미는 참 매혹적이다
나는 당신의 목덜미에 가볍게 키스한다
오늘 하루도 수고했어요
당신은 빛에 찢어진 목청을 보수하느라고 가글을 한다
모든 영업이 끝난 이 밤에
밤의 속살을 얻기 위해 고요한 영업을 시작한다
아무것도 빛나지 않기에 당신의 음영이 뚜렷하다
사람이여
사랑이여

이 밤이 나의 최초라는 것을

이 밤이 나의 우화라는 것을

통속적인 것을 지나 아주 진지한 통속의 새벽을 기다리고 있음을

연기론

치과의 긴 의자에
연기로 지은 임시 거푸집이 눕는다
관짝에 공손하게 담기듯 밖으로 뻗으려는 두 손을 불러모아
아랫배 위에 얹는다
누군가 마스크를 쓴 채 내 치아에 눌어붙은 치석을 제거한다
잠시 채석장 현장의 굉음이 지나간다
입을 헹굴 때
잔돌 부스러기들이 물과 함께 쏟아져 나온다
저것은 연기의 성분을 가졌지만 오랜 세월 딱딱하게 굳었다가 부서졌기에
눈으로 보기에는 돌조각쯤으로 보인다

농담을 주고받고 싸우기도 했던 어느 인맥이
화장터 굴뚝을 통해 연기로 흩어지는 걸 본 이후
나는 수시로 몸을 더듬어 보았다
생전에 내가 부러워했던 그의 근육질 팔뚝과 명쾌

한 육성은 무엇이 되었을까
물컹하거나 딱딱하게 만져지는 몸 일체를 의심하기 시작했다
참을 수 없는 감정도 작고 작은 입자로 쪼개 나가다 보면 아무 연고 없고
생사도 불분명한 황무지 혼돈이 아닐까
또한 연기란
그 혼돈이 흩날리는 신기루 풍경 아니겠는가

치료 마치고
카운터에서 상담하는 내 입에서 계속 연기가 나왔다
주의사항을 말하는 간호사 입에서도 연기가 폴폴
나는 입을 가리고 정처 없이 실내를 훑어본다
소파에 앉은 대기자들의 이목구비에서 연기가 나왔다
창가에 앉은 작은 도자기 화분도
자신의 성분이 연기라는 것을 위장하기 위해 볼록

한 옆구리를

따사한 햇살 빌어 반질반질 덧바르고 있었다

원적

고향집은 폐허가 되어 누구도 거주하지 않지만
주소는 아직 말소되지 않았다
그 주소로 당선 소식을 기다리고 당신의 답신을 기다렸다
여러 번 주소를 옮겨 여기까지 오는 동안 내 원적은 바람과 먼지의 소굴이 되었다
그 주소로 편지를 전해 주고 냉수 한 사발 얻어먹고 냉큼 일어서던 배달부는 얼마나 늙었을까나
그땐 배달부, 엿장수, 비렁뱅이 모두가 사람이었고
누구를 해치지 않았다

사람과 사람이 만나다 보면 둘 사이에 찌꺼기가 낀다
정기검사를 통해 청소하지 않으면 녹이 슬거나 금이 간다
사람이 괴물이 되기도 한다
대화의 엔진이 멈추고
둘은 먼 길을 각자 반대쪽으로 가며 으르릉거린다

그런 때
나는 바람과 먼지의 거주지가 된 내 원적과
그 주소지로 배달돼 오던 손편지들을 생각한다
사람 옆에 사람이 있었다
가난했지만 누구도 사람을 해치지 않았다

그리고 그래서 그러나

나이를 먹으면서 체중이 늘었다
그리고 그래서 그러나 딱딱하게 내 몸을 구성하던 물질들은
치아를 시작으로
깨지고 연화되었다
까칠했던 성격은 유연성하고는 상관없이 말랑해졌다
모든 것이 작은 알갱이로 퇴화하면서
내 몸은 모래언덕을 가진 하나의 사막이 되었다
무릎에도 바람이 들고
풍이 오려는지 한쪽이 자주 마비되었다
모래언덕에는 매일 바람이 불어
언덕의 지형이 매일 바뀌었다
그러면서 언뜻언뜻 모래언덕의
깊은 지층에 묻혀 있는 유물이 보이는 듯도 했다
그것은 꿈결에서나 잠시 보이던 내 근친들이었다
내 몸 안에 거처했지만 한 번도 만날 수 없었던 근친 내 유물들이여

딱딱하고 까칠한 조직에 걸려
깊은 지층에서 내 불쌍한 야망과 동선을 걱정했을
내 근친 내 유물들이여
난 요즘 감정과 기분 외부의 소란까지 모두 모아서
씨실과 날실로 고요를 깁는 중이다
어느 날 내게도 극심한 혼수상태가 찾아온다
그때
모래먼지를 털고 깊은 지층에서 나온 내 근친들이
내가 미리 준비해 둔 고요를 펴서
앙상한 내 몸을 덮어주고
비로소 우주 어딘가로 복귀할 것이다

밤에서 밤으로

저녁은 오후가 끝나기를 기다리는 중
내겐 신선한 대화가 필요해
추울 때 저녁은 일찍 오후를 가불해서 길고 지루한 농담을 시작한다
너는 친구가 저녁 한 명밖에 없구나 크크
저녁으로 숨어들어 취침 준비를 하는 낮의 햇볕들

동서고금을 망라한 밤이 온다
어둠의 감정은 온통 검어서 들키지 않고 기쁨과 슬픔을 절반으로 나눌 수 있지
밤에서 다시 밤으로 돌아오는 이 많은 식구들아
밤이 어둡다는 낭설을 믿을 수 있니?
저녁에 시작해서 깊은 밤으로 이어지는 환한 밀담들을 어쩌란 말이냐

점점 환해진 밤이 드디어 불면에 당도했을 때
날이 샌다
피곤 때문에 아무것도 보이지 않는 어둑한 낮을 지나

저녁에 도착하는 감정들

밤이 눈을 뜬다

밤엔 신선한 대화가 필요해

이미 알고 있는 일을 매일 한다

퇴폐는 아름다운 것으로 잠입할 수 있는 입구였다
아름다운 것의 속살을 핥기 위해 나는 자진해서 퇴폐의 소굴을 찾아가곤 했다
도덕과 관습에 학습된 자들은 더럽고 끈적대는 것을 피해
단정한 형식으로 다녔다
그러나 소문에 의하면 그들은 변태가 되거나 괴물이 되었다고 한다
아름다운 것은 교도소 창틀에도 있고 돈을 떼먹고 잠적한 날강도 같은 놈의 아픈 딸에게도 있었다
아무것도 하지 않는데 많은 것이 경험 된다
피 흘리지 않아도 피비린내가 난다
아버지에게 폭행당한 딸이 편의점 야간을 한다
모든 절망이 삶의 의지로 기록될 때
어딘가에 도착하기 위해 이미 알고 있는 일을 매일 반복해야 한다
퇴폐가 아름다운 것으로 가기 위한 통로가 아니라
그냥 아름다운 퇴폐였으면 좋겠다

슬픔의 과학

미래를 예측하려면 과학 공식을 공부하라고 했는데
지금의 내 슬픔도 과학이구나
깊은 곳에서 눈물로
눈물에서 통곡으로 가는 경로가
모두 과학적이구나
어느 한 단계라도 틀리면 슬픔의 공식이 성립되지 않는구나

어느 날은 역순으로 슬픔을 풀었다
비명 같은 통곡으로 시작해서 눈물이 깊은 곳으로 흘러들고
깊은 곳에서 마무리가 되는
슬픔의 역순
그 역순도 과학적이구나
공식이 틀리면 슬픔은 완성되지 않는구나

그러나 눈물이 말라서
슬픔의 수위가 넘칠 때 눈물을 생략하고 목으로만 꺼

이꺼이 우는
　엄마를 보았다
　과학에도 예외규정이 있었구나
　모든 것을 생략해서 공식이 성립하는 것도
　슬픔의 과학이겠구나

너는 어디에

너는
우리가 사랑하지 않는 게 문제가 아니라
사랑을 모욕하고 남용하고
아무나 사랑을 만지는 것이 문제라고 한다
사랑의 오남용으로 부작용이 생겨 가정마다 각방을 쓰면서 각자 치료하고 있다

너는
어디에도 없지만 분명 기도하면 나타나는 사랑을
기도가 끝나면 어디에도 없는 사랑을
믿는다고 한다

흔해 빠져서 이웃을 파괴한 자도 사랑 한마디로 용서받고
죽음의 순간에
사랑 한마디로 더러운 전 인생이 구원받는
싸구려 사랑은 믿지 않는다고 한다

너는
사랑은 흥정하는 것이 아니라고 한다
어디에 사는지 알 수 없고 만날 수도 없지만
아름다운 것을 보면 눈이 흐려지는 첫사랑
그리워하는 것만으로 충만해지는 기쁨
그것만이 사랑의 소유라고 말하는 너
너는 어디에 있는가

휘다

부서지기로 했지만 휘었다
언젠가 만나기로 한 약속이 있었지만 남루한 외투를 걸치고 걸어올
당신이 누군지 나는 잘 알고 있다
그 많은 시련의 출처를 기록한 쪽지를 내게 건넬 것이다
"왜 이토록 잔인한 임무를 당신이 수행하나요"
"내가 당신을 가장 잘 아니까"
슬프고 기뻤지만 그 모든 일이 주술의 힘이란 걸 알면서도
모르는 척한 죄
휠 것을 알면서 부서지겠다고 고백한 죄
모든 것이 흘러간 뒤 흘러간 그 모든 것을 복기해서 분류하는 수고가
길다

슬픔에서 기쁨으로 넘어올 때 봉합된 부위가 있었다

그 자리가 수시로 아리다
무엇을 덮고 덮으면서 여기까지 왔다
그렇게 봉합된 무덤들을 살짝 들추면 생살 냄새가
난다
아직 살아서 휘어 있다
압력은 세월이었다
아니다 나다

어두운 울음

슬픔을 조금 덜어서
저물어가는 저녁 빛에 보탠다
밤이 오면
슬픔을 먹고 자란 아이들이 활보한다
물만 주면 새록새록 자라나는 슬픔들
슬픔의 반대가 기쁨이 아니듯
나 반대가 너 될 수 없다
나 반대는 울컥쯤으로 해두자
가로등이 몰아낸 어둠은 내 귓속
달팽이관을 따라 돌았다
밤이 깊으면 낯선 손님이 올 것이다
그러나 난 그를 이미 알고 있다
그는 달팽이관을 빠져나와
낡은 의자 아래 숨었던 어둠의 일부
이제 분명해지지 않았는가
너의 발음은 정확하지 못하고
하여, 난 어떤 울음소리도 듣지 못하였나니

이후의 주소

누군가 내게로 오고 있다
나는 아무것도 내게 닿을 수 없도록 여러 번 주소를 옮겼다
나는 아직도 눈 오는 밤을 설명할 수 없어요
내게 닿아 미끄러지는 것을 참을 수 없는 걸요
미역국을 먹다 체했을 때
양말에 구멍이 났을 때
그때 느꼈던 슬픔은 사소했지만 오래 지속되었어요
당신이 나를 설명하고 내가 당신을 이해했을 때
우리는 헤어질 수 있었다
무엇인가 내게로 온다
푸른 저녁
황망한 부음 소식이 내게로 왔다
나는 언젠가 어딘가로 가는 것이 아니라 이 푸른 저녁의
익숙한 일부가 될 것이다
낮과 밤의 고운 입자가 될 일이다

해설

뼈를 더듬어 저녁의 감정을 계산하다

오연경(문학평론가)

1. 불가능한 계산법

김대호의 시집에는 볼 수 있는 것들로 이루어진 생활 세계에 충실한 현실주의자와 보이지 않는 것들에게서 들려오는 목소리에 매달리는 형이상학자가 공존하고 있다. 현실주의자는 생활의 부진과 고장 난 몸에서 시간의 물리적 작용을 읽어내려 하고, 형이상학자는 낮에서 밤으로, 빛에서 어둠으로 이동하는 저녁으로부터 알 수 없는 감정이 도착한다고 믿는다. 아는 것과 믿는 것은 종종 어긋나기 마련이어서 알면서도 못 믿고 알지 못하면서도 믿게 되지만, 시인은 아는 것과 믿는 것의 간극을 계산하는 힘으로 삶의 진로와 시의 진로를 타진한다. 그에게 '계산한다'는 것은 하나의 주요한 시적 전략이다. 이때 계산은 계산할 수 없는 것을 특정한 계산의 단위로 환산해보려는 시도인데, 이 불가능한 시도가 실패하는 지점에서 김대호의 고유한 시 세계가 창출된다.

시집을 읽으면 '세월', '인생', '시간', '반복', '죽음', '슬픔', '울음' 등의 단어들이 자주 보이는 한편 '온도', '속도', '밀도', '각도', '방향', '파장', '중력', '입자', '조도', '압력' 등 전혀 다른 결의 생소한 단어들이 눈에 띈다. 이 두 계열의 단어들이 맞붙을 때 계산할 수 없는 것들의 계산 가능성이 타진된다. 이는 소위 '방법론적 계산'이라 불러볼 만한데, 실패할 수밖에 없는 이 계산은 늘 다시 계산하는 반복을 통해 삶과 죽음에 대한 어떤 실감을 구축해 간다.

> 이 악랄한 계산법은
> 죽는 일보다 사는 일이 더 지독하다는 이론에서 시작되었다
> 이목구비를 제대로 갖춘 바닥은 없고 운명을 긍정하는 바닥도 본 적 없다
> 이 바닥은 다국적으로 평수가 넓어서 난민이 몰려든다
> 더럽고 누추한 것들이 아무렇게나 모여서 아름다운 이빨을 드러내고 웃는다
> 어느 날 이런 장면을 보면서 침을 질질 흘리며 울었다
> 먹다 만 밥그릇이 식어 있었다

나는 무엇이고 어디에 있는가

지루하고 통속한 질문을 너무 오래 만지작거린다는 것을 안다

그러나 이 질문을 지우면 바닥에 닿을 수 없다는 것도 안다

착지하지 못하고 무중력 상태로 공중에 둥둥 떠다녀야 한다

다시 계산한다

소박을 더하고 욕망을 살짝 덜어내고 어둑한 저녁을 곱하고 운명적 낭패를 나누어 본다

-「만원 때문에 옆눈을 가지는」 부분

'바닥'은 삶의 누추함과 곤궁이 고여 있는 현실, "더하면 마이너스 통장이 나오고/빼면 절벽이 나오는 계산법"으로도 계산이 안 되는, 그야말로 앞길이 막막한 현실이다. 그러나 사는 일이 이처럼 죽는 일보다 지독하다 할지라도 "나는 무엇이고 어디에 있는가"라는 질문을 멈출 수 없다. 오히려 이 형이상학적 질문을 계속하기 때문에 공중에 떠다니지 않고 바닥에 착지할 수 있다. 김대호의 시를 읽으면 바닥

의 현실을 뚫고 가는 일과 형이상학적 질문을 멈추지 않는 일이 결코 별개의 것이 아니라는 것, 밥그릇이 식어가도록 무의미한 질문을 붙들고 사는 것이 먹는 일과 무관하지 않다는 것을 알게 된다. 일상의 식탁 위에 '소박'과 '욕망'과 '어두한 저녁'과 '운명적 낭패'를 올려놓고 답이 안 나오는 지루한 계산을 반복하는 것이 김대호의 시적 계산법이다. 이 불가능한 계산법은 현실주의자와 형이상학자의 싸움이기도 해서, 둘 사이의 팽팽한 각축과 긴장이 시적인 것을 촉진觸診하게 해준다. 그의 지난하고 힘겨운 싸움을 따라가다 보면 생활의 각도와 고통의 밀도와 어둠의 온도가 마치 감각적인 물질처럼 만져지는 것을 실감하게 될 것이다.

2. 생활의 각도

시집 1부에 실린 작품 중에서 「딱딱하고 완고한 뼈」는 김대호의 시 세계를 여는 열쇠와 같은 시이다. 이 시는 엑스레이에 투시된 흰 뼈들의 근황을 통해 보이는 것과 보이지 않는 것, 내 안에 있는 것과 없는 것, 현실과 꿈, 삶과 죽음의 경계와 그것의 모호함을 성찰한다.

뼈를 만진다
손목뼈를 만지고 광대뼈도 만진다
내 형식을 완성한 뼈의
굴곡이 내 근황이다

손가락 몇 개가 뼈의 굴곡을 부드럽게 어루만진다
어디에 있는지도 모르는 내 안의 습곡을 찾아다니는 일보다 뼈를 만지는 일이 쉽다
쉬우면서 금방 진단이 나온다
너무 딱딱한 걸 숨기고 있구나
문어같이 기어 다니고 싶은 욕심이 있어서 이 뼈의 완고한 구조가 불만이구나

유치가 찬란한 한낮
새가 날아간 도로 쪽 허공에 손가락을 펴 대보았지만
손가락뼈는 탁본할 수 없었다
내 안에 있는 흰 뼈들의 상세한 근황은 병원에 입원했을 때 확인했다
동면에 들어간 앙상한 나무 한 그루
웃고 발랄하고 찡그리고 헛되었는데 그 일체가
동면 중에 꿈꾸는 사건들이었다

깨어나기에 적당한 기온이 찾아왔을 때 내 뼈의
배열은 어떤 현실이 될까
손목뼈를 광대뼈를
현실이라고 믿으며 다시 만진다

-「딱딱하고 완고한 뼈」 전문

엑스레이에 투시된 내 안의 뼈를 눈으로 확인하는 일은 누구에게나 낯설고 놀라운 경험이다. 시인은 "흰 뼈들의 상세한 근황"을 확인한 후 저 "뼈의 완고한 구조"야말로 평소에 눈으로 확인할 수 없지만 실은 내 몸의 형식을 이루고 있는 본질적인 것이 아닌가 생각한다. 엑스레이를 통해 보는 뼈의 모습은 믿을 수 없을 정도로 단순하고 완고하다. 그 단순하고 완고한 구조 어디에 웃고 우는 생활의 애환, "내 안의 습곡"이 깃들어 있는지 알 수가 없다. 늘 시달리던 기쁨과 슬픔, 안절부절과 갈증은 일체의 꿈같은 사건에 불과한 것이 아닌가. 오히려 감추어져 있던 나의 실체는 저 단순하고 완고한 흰 뼈들이 아닌가. 이런 생각을 하는 순간 실체와 환상, 현실과 꿈, 삶과 죽음의 경계가 아득해진다. 언젠가 이 꿈에서 깨는 날, 그러니까 삶에서 죽음으로 넘어가는 날, 여기에 남게 될 "뼈의 배열"이 미래의 현실이라고 한다면 손목뼈와 광대뼈를 만져보는 것으로 지금-여기의 현실을 가늠할 수 있지 않겠는가.

시인은 "어디에 있는지도 모르는 내 안의 습곡을 찾아다니는 일"로 수많은 불면의 밤을 보냈을 것이다. 그러다 문득 엑스레이에 투시된 뼈의 굴곡에서 너무나 확고한 나의 근황을 확인한다. 평소에 볼 수도 없고 만질 수도 없던 것에서 가장 즉물적이고 현실적인 실감을 얻어내는 이 경험은 일종의 개안開眼과도 같은 순간이다. 이제 과거와 현재를 돌아보며 삶과 죽음을 사유할 때 분명 시인은 손목뼈나 광대뼈를 만지고 있을 것이다. 그에게 "뼈를 만지는 일"은 만질 수 없는 것들, 형체가 없는 것들, 알 수 없는 슬픔과 고통을 가져오는 것들, 내 안에서 끊임없이 꿈틀거리는 이유 없는 감정들을 저 형이상학적 세계에서 끌고 내려와 실감의 척도로 계산하고 측정하고 촉진해 보려는 시도이다. 그러니까 "뼈를 만지는 일"은 "자꾸 내 안에 무엇이 있다고 믿"(「구조만 있는」)으려는 병, "틈만 나면 심각해지는"(「연기가 나는 창문」) 병, 어디에도 쓸모가 없는 '독기'를 다스리기 위한 스스로의 처방이다.

그러기 위해서 시인은 "작은 유쾌와/그것보다 더 작고 구체적인 일과가 필요하다"고, "생활이라는 미세한 필터를 통과하려면/그것보다 더 작고 구체적인 입자가 되어야 한다"(「작고 보잘것없는」)고 말한다. 생활의 각도를 저 공중이 아니라 현실로, 거대한 관념이 아니라 구체적인 일상으로 조율하려는 것이다. 시인에게는 "각도가 조금씩 다른 절벽 몇 개가 있"어서 "그날의 날씨와 심리에 따라 절벽에서 언덕으로/평지가 되었다가 다시 몸을 세우"(「내일은 절벽에서 만나요」)기도 한다. 이렇게 생활로 쳐들어오는 환난은 그때그때마다 다른 각도로 삶을 흔들어대지만, "참을 수 없는 감정도 작고 작은 입자로 쪼개 나가다 보면 아무 연고 없고/생사도 불분명한 황무지 혼돈"(「연기론」)에 불과하다는 것을 알게 된다. 시인은 이렇게 심각과 유쾌로, 관념과 구체로, 번뇌와 연기緣起로, 절벽과 평지로 갈라지는 생활의 각도를, 방심하면 한없이 갈라지고 다잡으면 간신히 유지되는 묘연한 각도의 행방을 수시로 더듬어 계산한다.

3. 고통의 밀도

생활의 각도는 묘연할지라도 생활을 끌고 가는 시

간의 방향만큼은 확실하다. 시간은 과거에서 현재로, 현재에서 미래로 끊임없이 흘러가며 "시간은 누워 있어도 생겨나고 밀폐해도 똑같은 밀도로 생겨난다"(「시간 외」). 시간의 밀도는 저 반복되는 생활의 마디마디를 빼곡하게 채우고 있는 고통의 흔적들로 측정된다. "아득한 과거의 참상" "소음의 사춘기" "가출과 실패 그리고 흉터를 가지던 비명"(「숙성 중인 생활」)이 지나간 시간의 밀도라면, "수시로 찾아오는 두통"과 "저녁에 때때로 바보같이 울게 되는 난처한 상황"(「당신 반복하는 반복 씨 맞나요?」)은 현재를 끌고 가는 고통이다. 게다가 "한 해가 갈 때마다 나는 마지막으로 시작하고 있다"(「마지막」)는 것은 고통이 끝없이 반복되는 구조를 가지고 있다는 것을 말해준다. 그래서 시간은 어느 지점을 잘라내더라도 동일한 밀도로 채워져 있는 것이다.

이 반복이야말로 시간의 본질이자 밀도의 본질이자 고통의 본질이라 할 수 있다. 시인은 "나이를 먹는다는 것은 점점 과거가 되어간다는 것" "과거가 되어/이미 살았던 것을 예습 복습"(「과거형으로 복습하다」)하는 것이라고 말한다. 그리고 "내가 살고 있고 이미 살았던 시간을 다시 그대로 한 번 더 살아야 한다"(「당신 반복하는 반복 씨 맞나요?」)면 그것이야말로 형벌이라고 말한다. 그렇다면 산다는 것 자체가 이미 형벌이라는 말이다. 나이가 들어가면서 과거를 복습하고 미래를 예습하면서 다를 것 없는 생활, "견고한 슬픔에 의지하는 생활"(「마지막」)을 반복하는 것은 고통을 반복하는 일이기 때문이다.

누가 나를 나쁘게 하지 않아도
나는 알아서 나빠졌다
나쁜 것이 나쁜 것이라는 생각이 들지 않았다
변성기가 지나고 얼마 있으면 노안이 오고
노안으로부터 틀니가 멀지 않듯이
내 의지와 상관없이
내가 나빠지는 것은 내 인생의 목록
적당한 순번에
이미 기록되어 있었기에

변성기에서 이명은 멀지 않았다
울음으로 시작해 비명으로 끝나는 여정도 멀지 않다
감나무의 새소리
바람의 기침 소리
내 이명에는 따로 약이 없다고 한다
귀에서 소리가 체하면

일단 소리를 과식하지 않는 것이 중요하다고 한다

-「소리라는 음식」 부분

변성기에서 노안까지, 노안에서 틀니까지, 태어나는 순간의 울음에서 죽는 순간의 외마디 비명까지, 내 의지와 상관없이 찾아오는 것들은 인생에 이미 기록된 고통의 목록들이다. 고통은 생활을 유지하기 위해 삼켜야 하는 음식이다. 살면서 저 소란스러운 음식에 체하면 이명이 찾아온다. 이제는 바깥의 소리가 아예 귀에 새겨져, 외부의 소음이 없어도 내 안의 깊은 곳에서 소리가 울려 나오는 것이다. 일평생 소리를 과식하며 온갖 고통에 시달려 왔다면 이제 필요한 것은 소리의 절식, 바로 고요이다. "속에 탈이 나면 치유가 될 때까지 아무것도 먹지 않고 버티는/짐승의 자연치유법"처럼 "텅 빈 순간" "그 고요 속에서 무엇이 탄생하는가"(「텅 빈 고요」) 지켜볼 일이다.

난 요즘 감정과 기분 외부의 소란까지 모두 모아서
씨실과 날실로 고요를 깁는 중이다
어느 날 내게도 극심한 혼수상태가 찾아온다
그때

모래먼지를 털고 깊은 지층에서 나온 내 근친들이
내가 미리 준비해 둔 고요를 펴서
앙상한 내 몸을 덮어주고
비로소 우주 어딘가로 복귀할 것이다

-「그리고 그래서 그러나」 부분

고요는 죽음에 가까운 것이다. 그것은 감정과 기분과 소란의 밀도를 압축하여 밀도 제로의 텅 빈 상태로 전환해내는 일이다. 내 몸을 구성하던 물질들이 조금씩 연화되고 딱딱한 무릎에 바람이 들고 까칠했던 성격이 말랑해지면서 "모든 것이 작은 알갱이로 퇴화"한다. 그렇게 어느 순간 "극심한 혼수상태"가 찾아오면, 고요를 덮고 내 몸 안에 숨어 있던 근친들과 함께 "우주 어딘가로 복귀"하는 것이다. '그리고 그래서 그러나'라고 덧붙이고 변명하고 반박하고 싶은 말들은 많겠지만 죽음에는 아무 말이 필요 없다. 시인은 "소리의 덩치를 줄이고 줄여/하나의 점이 되었을 때/점점 고요의 밀도는 예민해진다"(「고요의 반경」)라고 말한다. 무수한 밤을 두통과 울음으로 뒤척이게 하던 고통의 밀도를 더욱 예민한 고요의 밀도로 전환해내는 것은 시를 쓰는 일과 무관하지 않다.

4. 어둠의 온도

이번 시집에서 시인은 '저녁', '밤', '어둠'에 대한 깊은 친연성을 드러낸다. 시인에게 낮은 "온갖 빛나는 것들 때문에 어둠이 훼손되"는 시간이고 밤이야말로 "어둠의 원본이 드러나는" 시간이다(「어둠의 원본」). 한낮에는 "피곤 때문에 아무것도 보이지 않"지만 오히려 "저녁에 시작해서 깊은 밤으로 이어지는 환한 밀담들"이 찾아오면 "저녁에 도착하는 감정들"이 눈을 뜬다(「밤에서 밤으로」). 어쩌면 시인은 저녁을 기다리느라 하루를 살고 일생을 서성거려 왔는지도 모른다. 저녁은 하루에 한 번씩 찾아오는 시간이지만 낮에서 밤으로, 빛에서 어둠으로, 소란에서 고요로, 시작에서 끝으로 이동하면서 나타남과 사라짐을 동시에 연출하는 시간이다. 시인에게 저녁을 기다리는 일은 "아름다운 것 하나 만져보는 일에 전부 탕진한 후"(「졸다가 쳐다본 창문」) "일생을 파업하게 했던 그 무엇을 기다리는 일"(「내가 할 수 있는 일은 내가 할 수 없는 일」)이다. 그렇다면 시인은 왜 저녁을 기다리는 것일까? 왜 어둠에 끌리는 것일까?

건드리지 말아야 할 것을 건드렸다고 말하는 게

임 광고를 보면서 나는, 아찔하다 내가 건드린 것은
　건드리면 안 되는 것이었고 건드려서 이득 볼 것
없는 것이었기에

　그것을 건드린 후 나는 어두운 쪽으로만 걸었다
나는 소문이 되었다 나는, 자꾸 어딘가 나빠졌다

　그 후에도 내 날씨는 무언가를 그리워하는 기온
에 머문다 맑아지기 위해 바닥까지 내려가 임상을
했다 그 자해로 인해 자신에게 번번이 속는 습관을
갖고 말았다

　내 주술은
　남의 눈에 보이지 않는 것들이 보이는 것
　눈을 감으면 더 많이 보인다는 것
　주술을 풀어야 한다

-「주술」 부분

시인은 어둠 쪽으로 끌리고 자꾸만 나빠지고 무언가를 그리워하는 것이 일종의 '주술'이라고 말한다. 그 주술의 본질은 "남의 눈에 보이지 않는 것들이 보이는 것"이다. 이 주술에 걸리게 된 것은 "건드리면 안 되는 것" "건드려서 이득 볼 것 없는 것"을 건드렸기 때문이다. 시인은 무엇을 건드렸고 그 후 무엇을 보게 된 것일까? 아마도 이것은 '견자見者'로서 시에 입사하게 된 통과의례에 대한 비유일 것이다. 생활에 충실하고 바닥에 밀착하려는 현실주의자가 '견자'의 주술을 받아들일 때 어떤 괴로움과 갈등이 있을지는 짐작 가능한 일이다. 그러나 생활인으로서의 성실한 삶과 그런 나를 배반하는 방식으로의 파업을 반복하며 사는 일이 곤란과 고통의 연속이기만 한 것은 아니다. 거기에는 보이지 않는 것, 알 수 없는 것, 세속의 이득과는 무관한 것이 가져다줄 어떤 아름다움이 있기 때문이다.

> 가로등의 반경만 남기고 점점 밀도가 높아지는 야행성들
> 화려한 상점 불빛에 얼얼해진 눈을 끔벅이다
> 골목에서 만나는 어둠의 난민들
> 국적 없이
> 24시간 불이 꺼지지 않는 거리의 변방에서 오들오들 떨고 있는 난민들
> 아무리 열심히 살아도 완결되지 않은 채 우리는

모두 저 난민의 일원이 될 것이다

어둠의 일자리가 점점 줄어드는 도시에서 당신과 나는
어두워서 좋았던 연애를 생각한다
어두워서
가끔 무엇이 빛나면 깜짝 놀라고 곧이어 깔깔깔 웃었다
어두웠기에
당신의 장점은 천천히 발전했다
그때 어둠은 단순한 배경이 아니라 당신의 눈빛을
내게로 쉽게 옮길 수 있도록 조도를 조절해 주었다

- 「난민이 된 어둠」 부분

우리는 "아무리 열심히 살아도 완결되지 않"는 삶의 변방에서 "오들오들 떨고 있는 난민들"이지만 어둠이 가져다주는 온기가 있어 살아갈 수 있다. 24시간 불을 밝힌 도시의 삶에서 어둠의 일자리는 줄어들고 있어도 이 도시의 어딘가에는 아직 사랑이 있다. 훼손된 어둠을 회복하는 사랑, 어둠의 원본을 실현하는 사랑, 어둠의 속살을 매만지는 사랑이 있어 어둠은 온기를 간직한 진정한 어둠이 된다. "어둠의 감정은 온통 검어서 들키지 않고 기쁨과 슬픔을 절반으로 나눌 수 있"(「밤에서 밤으로」)으니까, "슬픔에서 기쁨으로 넘어올 때 봉합된 부위"(「휘다」)에서 나는 냄새로 서로를 알아볼 수 있으니까, 서로의 눈빛을 옮길 수 있도록 어둠 속에서 조도를 조절할 수 있으니까 어둠은 내내 따뜻할 것이고 오래갈 것이다. "날마다 저녁은 올 것이고/그 저녁이 울음 자체이므로"(「당신의 저녁」) 시인은 이제 울지 않는다.

김대호의 시에는 견디기 힘든 생활과 이유를 알 수 없는 고통이 팽배하지만, 그의 불가능한 계산법은 끝내 우리를 저 어둠의 온기와 활기로 데려다 놓는다. 시인의 계산법은 어떤 정답도 도출해내지 못할 테지만, 그가 첫 시집에서 착실하게 빼고 더하고 곱하고 나눈 시 쓰기의 마지막 줄에는 아름답고 희미한 주소가 어른거린다. 우리는 이제 시집을 덮고 일어나 김대호 시인이 등록한 '이후의 주소'에서 "푸른 저녁"을 기다리게 될 것이다.

무엇인가 내게로 온다
푸른 저녁
황망한 부음 소식이 내게로 왔다

나는 언젠가 어딘가로 가는 것이 아니라 이 푸른 저녁의

익숙한 일부가 될 것이다

낮과 밤의 고운 입자가 될 일이다

-「이후의 주소」 부분

우리에겐 아직 설명이 필요하지

2020년 5월 20일 1판 1쇄 펴냄
2020년 10월 6일 1판 2쇄 펴냄

지은이 김대호
펴낸이 김성규
책임편집 김은경 조혜주
디자인 김동선
펴낸곳 걷는사람
주소 서울 마포구 월드컵로16길 51 서교자이빌 304호
전화 02 323 2602
팩스 02 323 2603
등록 2016년 11월 18일 제25100-2016-000083호

ISBN 979-11-89128-69-2 04810
ISBN 979-11-89128-01-2 (세트)

* 이 책의 국립중앙도서관 출판시도서목록(CIP)은 서지정보유통지원시스템 홈페이지(http://www.seoji.nl.go.kr)와 국가자료공동목록시스템(http://www.nl.go.kr/kolisnet)에서 이용할 수 있습니다. (CIP제어번호:2020017417)